केसर की कहानी

रश्मि न भल्ला 'ज़ाफ़रान'

Copyright © Rashmi N Bhalla 'zafran
All Rights Reserved.

This book has been published with all efforts taken to make the material error-free after the consent of the author. However, the author and the publisher do not assume and hereby disclaim any liability to any party for any loss, damage, or disruption caused by errors or omissions, whether such errors or omissions result from negligence, accident, or any other cause.

While every effort has been made to avoid any mistake or omission, this publication is being sold on the condition and understanding that neither the author nor the publishers or printers would be liable in any manner to any person by reason of any mistake or omission in this publication or for any action taken or omitted to be taken or advice rendered or accepted on the basis of this work. For any defect in printing or binding the publishers will be liable only to replace the defective copy by another copy of this work then available.

मेरे बचपन को समर्पित

क्रम-सूची

प्रस्तावना	vii
पावती (स्वीकृति)	ix
1. केसर उर्फ़ कुच्चू	1
2. माँ की गुल्लक	3
3. रिले रेस	6
4. इविक्शन ऑर्डर	9
5. मेरठ	12
6. कल्याणी जी	14
7. बड़े?	16
8. बोर्ड ऐग्ज़ाम	18
9. गालू आजर	22
10. साइयन्स या आर्ट्स	24
11. कलर टी वी	26
12. मयूरी की बर्बादी	29
13. दिल्ली में जॉब	32
14. केसर की विदाई	35
15. दो बेटों की शादी	38
16. केटरिंग इन चाइना	41
17. केसर कैफ़े	44
18. डेढ़ साल बाद	47
19. धन्यवाद	48

• v •

प्रस्तावना

एक बड़ा सा ऑडिटोरीयम जो लोगों से भरा हुआ है। लाइट्स हैं, शोर है, पत्रकार हैं और आपका नाम नॉमिनेटेड है, अवार्डस के लिए। बड़ी ही शालीनता के साथ चलकर, आप अपनी सीट पर जाकर बैठते हैं। दिल में तसल्ली होती है कि आज आपका काम आपको वहाँ ले आया जहां आप हमेशा से पहुँचना चाहते थे। कुछ कदम, कुछ पलों की दूरी होती है आपकी सीट से स्टेज तक की पर असल में उस दूरी को तय करने में जो कई साल लगते हैं, वो सबने नहीं देखे होते। वो साल जब आप छोटे थे, वो साल जब छोटी छोटी मुसीबतों के बीच आप जूझ रहे थे, वो साल जब इस सपने को आपने देखा भी नहीं था, वो साल जब ये सपना धुंधला सा बन रहा था आपकी आँखों में, वो साल जब आपके सपने की जगह आपके कर्तव्य ले लेते हैं, वो साल जब एक नया सपना बन जाता है और कुछ सालों के लिए आप अपने सपने को भूल ही जाते हो। फिर वो वक्त भी आता है जब फिर से आप अपने सपने को जीना चाहते हो और अपने सपनों की कच्ची मिट्टी में आप अपने आंसू, अपना पसीना मिलाते हो और वो तपते हैं परिस्थितियों में।

हर इंसान का पूरा बीता हुआ जीवन उसे वो बनाता है जो वो आज है। केसर की कहानी वही यात्रा है जिसने केसर को पहुँचाया अपने सपनों के ऑडिटोरीयम तक। ये कहानी है केसर की, केसर की मम्मी के संघर्ष की और उनके घर की। ये कहानी है उनके जीवन की, स्वाभिमान की, कुछ अधूरे और कुछ पूरे सपनों की, भगवान पे अटूट विश्वास की और उस सोच की जिसने उन्हें चाहे हर बार जिताया ना हो पर कभी पूरी तरह हारने भी नहीं दिया। एक मंज़िल एक मुक़ाम पर पहुँच कर हम जब अपनी ज़िन्दगी को पीछे मुड़कर देखते हैं तो कुछ यादें विस्तार से, कुछ यादें संक्षेप में याद आती हैं। केसर के जीवन को इन्हीं यादों के माध्यम से प्रस्तुत करने की एक ईमानदार कोशिश है ये कहानी।

ये कहानी हर उस इंसान की भी है जिसके जीवन में बहुत सी परेशानियों के बाद भी वो हिम्मत नहीं हारता, आगे बढ़ता है और अपने

सपने पूरे करता है। एक और बहुत महत्वपूर्ण संदेश जो इस कहानी के माध्यम से मैं आप लोगों तक पहुँचाना चाहती हूँ वो ये है की ज़िन्दगी की छोटी छोटी सफलताएँ भी उतना ही मायने रखती हैं जितना की बड़ी सफलताएँ क्यूँकि यही छोटे छोटे कदम आपको आपकी मंज़िल तक पहुँचाते हैं। तो स्वागत है आपका एक ईमानदार, सरल और साहसी कहानी के हिस्सेदार बनने का।

पावती (स्वीकृति)

केसरउर्फ़कच्चु
 माँकीगुल्लक
 रिलेरेस
 इविक्शनऑर्डर
 मेरठ
 कल्याणीजी
 बड़े?
 बोर्डऐगज़ाम
 गालूआजर
 साइयन्सयाआर्ट्स
 कलरटीवी
 मयूरीकीबर्बादी
 दिल्लीमेंजॉब
 केसरकीविदाई
 दोबेटोंकीशादी
 केटरिंगइनचाइना
 केसरकैफ़े
 डेढसालबाद

1

केसर उर्फ़ कुच्चू

मैं हूँ केसर उर्फ कुच्चू। मेरे दोनों ही नाम मेरी मम्मी ने रखे थे। केसर इसलिए कि मैं उनकी ज़िंदगी में ख़ुशियों का सुनहरा रंग हूँ। अब सोचती हूँ तो लगता है फिर तो उनका नाम भी केसर ही होना चाहिए था क्यूँकि वो भी तो हम बच्चों की ज़िन्दगी का सुनहरा रंग ही हैं। रही बात कुच्चू की वो इसलिए कि मेरे गोलू पोलू गाल थे। तब नाम रखते वक्त ट्रेंड्ज़ के बारे में कोई नहीं सोचता था। नाम कितना यूनीक है, इस सब से किसी को कोई फ़र्क़ नहीं पड़ता था। बस मम्मी पापा के उस दिन के मूड और पंडितजी जो पहला अक्षर निकाल देते थे उस हिसाब से नामकरण हो जाता था।

राजस्थान के एक छोटे से गाँव में पली बढ़ी थी मेरी मम्मी पर हर चीज़ में उनकी सोच बहुत आगे थी। नानाजी ने काफ़ी पैसों की तंगी में भी उन्हें वनस्थली विद्यापीठ में एम.एस. सी करने भेजा था और माँ भी हर हाल में अपनी बेटी के लिए अच्छे से अच्छा करना चाहती थी। बड़े ही शौक़ से उन्होंने मेरा दाख़िला साउथ दिल्ली के एक बड़े से कॉन्वेंट स्कूल में करा दिया।

अच्छी ज़िन्दगी थी, पापा स्कूल छोड़ने जाते थे और रास्ते भर मैं उनसे ज़िद्द करती थी कि पापा मुझे पीले फूल तोड़के दो ना, मैं मिस को दूंगी।" पर ज़्यादातर वो मना करते। कहते थे "बिटिया रानी फूल नहीं तोड़ते, पेड़ रोएगा ना।" माँ बताती हैं की मैं स्कूल जाने में कभी नहीं

रोयी। मुझे स्कूल जाना, दोस्तों के साथ रहना, दोस्तों के साथ खेलना और सबसे ज्यादा पढ़ना अच्छा लगता था।

मेरे स्कूल में लाल पेंट की हुईं दीवारें थीं, बीचों बीच स्कूल के एक फ़ील्ड थी और गोलाई में स्कूल की पाँच बिल्डिंग थीं। हर साल टीचर बदल जाती थी पर प्रिन्सिपल मैम से अब रिश्ता पाँच साल पुराना हो चुका था। उनसे प्यारी इंसान मैंने आज तक नहीं देखी। कुछ टीचर्ज़ कैसे हमारे दिल पे छाप छोड़ जाते हैं ना। प्रिन्सिपल मैम का क्लास में आना मेरे जैसे बच्चों के लिए एक गौरवपूर्ण क्षण होता था क्योंकि हमेशा हमारी कॉपी मांग कर उन्हें दिखाई जाती थी। मिस ने उन्हें मेरी इंग्लिश की कॉपी दिखायी तो उन्होंने मेरी पीठ थपथपाई और बोलीं "वेलडन माई चाइल्ड केसर"।

जिस दिन प्रिंसिपल मैम मेरी पीठ थपथपाती थी उस दिन मैं भागा दौड़ा नहीं करती थी। मुझे पता नहीं क्यों ऐसी फीलिंग होती थी कि यह थपथपाहट कहीं मेरी पीठ से गिर ना जाए। मैं माँ को थपथपाहट लाइव सुनवाना चाहती थी। तो उस कंधे पर थपथपाहट लिए मैं बड़े आराम आराम से चलकर उस दिन घर जाया करती थी और घर पहुंचते ही चिल्ला चिल्ला के बोलती थी।

"माँ ! माँ! आज प्रिंसिपल मैम क्लास में आई थी। उन्होंने मेरी पीठ थपथपाई, देखो देखो ना माँ" मैं कंधे पे ऐसे उंगली से इशारा करके दिखाती थी मानो उस थपथपा हट को मेरी मम्मी देख पा रही हों। मम्मी मेरी पूरी बात को मुस्कुराते हुए, एक गौरवपूर्ण चेहरा लिए ऐसे सुनती थी मानो उसकी बेटी को कोई राष्ट्रपति पुरस्कार मिल गया हो। फिर मुझे मिलते थे सफेद मक्खन वाले परांठे जिन्हें मेरी माँ थोड़ा सा ज़्यादा कुरकुरा सेकती थी। मुझे वैसे ही पसंद है ना। बचपन से ही मुझे खाने पीने का बहुत शौक था।

क्या दिन थे जब राजकुमारियों जैसी फीलिंग आती थी मम्मी-पापा, पूरा घर, सारे खिलौने और रेलिंग पर आती उस जामुन की पेड़ की डाल के सारे जामुन भी मेरे थे। मम्मी भी खाती थी पर अच्छे-अच्छे छांट के मुझे ही दे देती थी।

2

माँ की गुल्लक

एक दिन मुझे पता चला कि मेरा भाई या बहन जल्द ही आने वाला है। मैं इस बात से बहुत खुश थी पर अचानक कुछ दिनों से घर के माहौल में कुछ परिवर्तन था। मम्मी पापा तनाव से में लगते थे। हमारा मार्केट जाना, गोलगप्पे खाना और मूवी जाना अब कम सा हो रहा था। मेरी मां की मुस्कान भी देखती थी तो जैसे वो किनारे से होंठ कट जाते हैं ना तो हम चाहते हुए भी पूरा मुस्कुरा नहीं पाते हैं, वैसी ही मुस्कान थी उनकी पर जब मैं पूछती उनसे "क्या हुआ माँ?" तो वो हमेशा यही जवाब देती थी "कुछ नहीं क्या हुआ गुड़िया रानी? कुछ भी तो नहीं" और फिर वह उस मुस्कान को पूरा करने के लिए उन कटे हुए होठों का दर्द भी सह लेती थी। गुदगुदी करती थी मुझे और खिलखिलाकर कर खुद हंसने लग जाती थी।

मैं राजकुमारी तो मेरे मम्मी रानी हुईं ना। कहते हैं ना कि औहदे के साथ ज़िम्मेदारियां भी आती हैं तो फिर आई हम दोनों पर एक ज़िम्मेदारी, मेरी छोटी बहन मयूरी उर्फ मल्ली।

हटके नाम है ना? पता नहीं क्यों उसका नाम मल्ली पड़ा था?

तर्क़ कुछ भी नहीं था पर मुझे लगता है झल्ली नहीं रख सकते थे इसलिए मल्ली रख दिया होगा। ऐसा मैं उसे छेड़ने के लिए हमेशा कहती थी। याद है मुझे जब मयूरी पैदा हुई थी तो माँ और भी परेशान रहने लगी थी। बाय बर्थ थायरॉयड और कुछ तो ग्रोथ डिसऑर्डर था मल्ली को।

पापा अपने दोस्त के साथ शुरू शुरू में मल्ली को लेके बड़े बड़े अस्पतालों में जाते रहे पर फिर एक दिन उनके दोस्त ने बाइक पे ले जाने से मना कर दिया। पापा थोड़ी जल्दी हिम्मत हार जाया करते थे। हॉस्पिटल का ज़्यादा बिल, बसों के धक्के, टाइम पे काम पे ना जा पाने के कारण एक दिन झुंझला के बोले "जो होना है हो जाने दो। पास से ही इलाज कराते हैं।"पर मेरी मम्मी हार मानने वाली कहां थी। स्कूल के बाद मुझे लेके हर अस्पताल का दरवाज़ा खटखटा डाला उन्होंने। अब हमारा वक्त घर में कम और अस्पतालों में ज़्यादा गुज़रता था। अस्पताल स्कूल और घर की दौड़ में मैं और मेरी मम्मी कभी नहीं थकते थे। कभी-कभी जो आधी आधी करके गोल्डस्पॉट पीते थे ना बस सारी थकान उतर जाती थी। ऐसा नहीं है कि सिर्फ आधी गोल्डस्पॉट से ही काम चलाना पड़ता था। कभी-कभी माँ पूरा समोसा भी दिलाती थी। बताया था ना आपको खाने पीने का बहुत शौक़ था मुझे। मेरी स्कूल की फीस, डॉक्टरों की फीस, बस का टिकट और उस आधी गोल्डस्पॉट और पूरे समोसे में माँ की गुल्लक खाली होने लगी थी।

मैं हमेशा देखती थी मेरी माँ उस गुल्लक को खोल कर किसी सोच में पड़ जाती थी। जैसे कोई कहानी सोच रही हो, उसने कभी वो गुल्लक मुझे नहीं दिखाई पर मैं भी शैतान थी मुझसे रहा नहीं गया। एक दिन उस गुल्लक में झांक कर देख ही लिया मैंने। आश्चर्य हुआ मुझे, गुल्लक में पैसे नहीं थे बस कुछ ज़ेवर थे माँ के!

गुल्लक में मां के कुछ ज़ेवर देखकर मुझे चौथाई कहानी तो समझ में आ गई थी और बाकी की चौथाई मम्मी की कम होती मुस्कान, हमारा कम गोलगप्पे खाना इन सब को जोड़कर बना ली थी मैंने। मैं झट से वहां से हट गई, मैं मम्मी को यह पता नहीं चलने देना चाहती थी कि उनकी राजकुमारी को कोई तकलीफ़ पहुंची है।

हल्के हल्के दिन बीतते गए, मल्ली के इलाज के लिए अस्पतालों के चक्कर बढ़ रहे थे और अब मैं अपने होमवर्क भी हॉस्पिटल्स में ले जाने लगी थी। हॉस्पिटल्स में होमवर्क करने का बहुत फ़ायदा लगता था मुझे, सब बहुत भाव देते थे।नर्सेज़ गुज़रते वक्त सर पर हाथ रखती थी। डॉक्टर आंटी मम्मी से कहती थी आपकी बेटी बड़ी होनहार है। घर में

पढ़ती तो ये सब ठाठ और पब्लिसिटी कहां मिलते? यही सोच के मैं खुश रहती थी।

अब अस्पताल और स्कूल के अलावा, मम्मी के साथ मंगलवार को मंदिर, बृहस्पति वार को पीर बाबा की दरगाह और रविवार को गुरुद्वारा और चर्च भी जाना पड़ता था। मुझे गुरुद्वारा जाना बहुत ज़्यादा पसंद था क्यूँकि वहाँ का कड़ा प्रसाद मेरा बहुत ही पसंदीदा था। इतने चक्कर लगे हमारे कि इतने दिनों में तो ब्रह्मांड भ्रमण हो जाता। तो भगवान को तो मम्मी की एप्लीकेशन स्वीकृत करनी ही थी। गुरुद्वारा साहिब में किसी ने बताया बाल विकास केंद्र में लंदन से डॉक्टर पीटर वुड्स आए हुए हैं पर वो सिर्फ एक हफ्ते के लिए ही आए थे। डॉक्टर पीटर वुड्स लंदन के मशहूर चाइल्ड स्पेशलिस्ट थे। मेरी मम्मी कितनी ख़ुश थी! फिर क्या था, मेरी मम्मी सुबह ५ बजे जाके लाइन में लग गई टोकन के लिए। फिर ७ बजे मुझे और मल्ली को लेके फिर से क्लीनिक पहुँची। डॉक्टर वुड्स का चेहरा मैं आज तक नहीं भूली क्योंकि उनसे बात करने के बाद जो मेरी माँ की अधूरी मुस्कुराहट थी ना पूरी होने लगी थी। मुझे तो बस इतना याद है कि उन्होंने बहुत सारी आई क्यू एक्टिविटीज बताईं थीं, जिन्हें करवाने से मल्ली में सुधार आने लगा।

3

रिले रेस

माँ ने उस दौरान बहुत से काम पकड़े। मार्केट रिसर्च, क्लिप्स और कॉस्मेटिक्स नर्सेज़ हॉस्टल में बेचना, ट्यूशन पढ़ाना वगैरह वगैरह। सुबह पापा काम पे जाते थे तो माँ टीचिंग जॉब नहीं कर पायी और मयूरी को माँ के बिना सम्भालना भी मुश्किल था मेरे लिए। मेरे नानाजी ने अपनी बेटी को उस ज़माने में पोस्ट ग्रैजूएशन कराई थी तो अगर टीचिंग जॉब ढूंढती तो कहीं ना कहीं जॉब मिल ही जाती पर माँ ने घर की ज़रूरतों के आगे कभी काम के बड़े या छोटे होने के बारे में नहीं सोचा, बस जैसे जैसे जिंदगी ने गुगली डाली मम्मी खेलती रही। माँ पापा की ऐसी सपोर्ट थी कि समझा पाना या समझ पाना मुश्किल है।

माँ के लिए और तो कुछ नहीं कर पाती थी पर हाँ मल्ली की ज़िम्मेदारी में माँ का दायां हाथ थी। मल्ली छह साल की हो गई थी और आज पहली बार क्लियर बोला "मामा मामा मामा" माँ की खुशी देखनी चाहिए थी। वह चारों धाम की यात्रा जो माँ ने मंगल बृहस्पतिवार और रविवार को की थीं आज उसको उस यात्रा का फल मिल गया था।

उसके बाद लाइफ काफी नॉर्मल सी हो गई क्योंकि मयूरी अब भागदौड़ कर पाती थी। मैं भी नीचे गुड्डी के साथ खेलने जा सकती थी। नीचे इसलिए कि हम तीसरी और बिल्डिंग की आख़िरी मंज़िल पे रहते थे और हमारे सारे दोस्त नीचे के पार्क में खेलते थे। उसे नीचे ले जाना, मेरे लिए चुनौती से कम नहीं था क्यूँकि कॉलोनी के बच्चे उसे चिढ़ाते थे। वो

जब साफ नहीं बोलती तो उसकी नकल करते थे। पर अगर वो सेर थे तो मैं सवा सेर, मैंने भी मल्ली को नीचे ले जाना नहीं छोड़ा। ख़ैर नीचे खेलने जाने से मल्ली में और भी सुधार हुआ। वैसे भी ये दुनिया एक जिम ही तो है, जैसे जैसे झेलने की क्षमता बढ़ती है, ट्रेनिंग और मुश्किल होती जाती है।

मल्ली का माँ ने एक छोटी नर्सरी में एडमिशन करा दिया था और मैं वहीं उसी कान्वेंट स्कूल में जहां वो प्यारी सी प्रिंसिपल मैम थी ना वहीं जाती थी। अब मल्ली को अकेले लड़ना था। माँ थोड़ा डर रही थी पर क्या कर सकते थे। भेजना तो था ही स्कूल।

आज जब स्कूल की छुट्टी होने वाली थी तब क्लास में अकाउंटेंट दादा आए थे। कुछ बोले मैम से की केसर का अब आगे नहीं खिच पाएगा। समझ नहीं आई पूरी बात पर कुछ तो मेरी फीस को लेके बोले वो। मेरी आगे की सीट होती थी इसलिए मैं इतना भी सुन पायी। उस दिन माँ मुझे लेने आयी थी। एक लट जूड़े में से निकली हुई, आँखें लाल, चेहरा पीला। मैं तो खुश थी कि माँ मुझे लेने आयी है पर माँ बड़ी दबी आवाज़ में बोली जा बेटा क्लास के अलमारी में से अपना सारा सामान समेट ला। मैं कुछ समझी नहीं।

मैं घर पहुंची बैग पटक कर बोली "हाँ मां इतना भारी बैग करवा दिया था तुमने" मां ने कुछ जवाब नहीं दिया। रसोई में गयी थाली में खाना लगाया, मुझे पकड़ा दिया और वो शाम तक कुछ नहीं बोली। शाम को बोली "गुड़िया रानी स्कूल वालों ने बोला है एक महीने के लिए केसर को स्कूल मत भेजो वह क्लास में सबसे आगे है ना, पहले हम सारे बच्चों की पढ़ाई फिनिश करा लें उसके बाद आप केसर को भेज देना।" मुझे अब बाकी की आधी कहानी भी समझ आ गई थी। उस कहानी के टुकड़े जोड़ने के लिए जो मुझे चौथाई चौथाई और आधे में समझ आई थी, माँ की आंखें ही काफ़ी थी। तब मैं तीसरी क्लास में थी।

उनतीस दिन बीत गए थे पर मैंने माँ से १ दिन भी नहीं पूछा कि माँ मैं कब स्कूल जाऊंगी? मैं रोज़ाना बस्ता निकालती थी। रोज पढ़ती थी। ऐसे पल जब हम चाह के भी कुछ नहीं बोलते, ये पल छाप छोड़ देते हैं दिल पे और आपको ज़िंदगी में कुछ बनने की प्रेरणा देते हैं। उन दिनों

मुझे समझ में आया थोड़ा थोड़ा कि कैसे दुनिया पैसों से चलती है।

एक महीने बाद एक दिन माँ बोली "केसर तुम्हारा एडमिशन दूसरे स्कूल में करा दिया है।" स्कूल का नाम था सेंट पीटर्स स्कूल। मैंने माँ से पुराने स्कूल के बारे में कुछ नहीं पूछा। मुझे पता था कि इतने अरमानों से माँ ने पुराने स्कूल में डाला था, बिना बात तो स्कूल नहीं बदल रही होंगी। माँ खुश नहीं थी क्यूँकि नया स्कूल छोटा था पर हल्का सा बेहतर महसूस ज़रूर कर रही थी कि कम से कम मेरी पढ़ाई तो फिर से शुरू हुई।

बीच में पापा घर से बाहर नहीं जाते थे। अभी कुछ दिन से चार-पांच घंटे को जाने लगे हैं। माँ ने भी शाम के ट्यूशन पकड़ लिए हैं। जैसे दोनों एक रिले रेस में लगे हों हाथ में ज़िम्मेदारी लिये।सुबह पापा दौड़ते थे।शाम को आकर वह जिम्मेदारी मम्मी के हाथ में पकड़ाते और शाम को मम्मी दौड़ कर आती थी और हम सब इस रेस को बस देखते थे।

उन कुछ सालों में मेरा स्कूल, हर साल बदला गया जैसे-जैसे मम्मी पापा के पास पैसे होते थे, जितना वह कर सकते थे वो मुझे पहले से बेहतर स्कूल में डाल देते थे। मैं दोस्त बनाने में ज्यादा देर नहीं लगाती थी ना तो मुझे कोई तकलीफ भी नहीं होती थी। जब आपके स्कूल बार बार बदलते हैं ना थोड़ी सी मुश्किलें तो आती हैं पर ज़िन्दगी जीने का सलीका आ जाता है।

एक दिन मैंने झांक के देखा अब माँ की गुल्लक फिर से भरने लगी थी और इस बार उसमें ज़ेवर तो एक दो ही बचे थे पर उसमें पैसे थे! मैं खुश थी! सब बेहतर हो रहा था, संभल रहा था।

इविक्शन ऑर्डर

4
इविक्शन ऑर्डर

पापा, मम्मी मकान मालिक से काफ़ी परेशान थे। मुझे तो गुड्डी के दादाजी पे हमेशा ही गुस्सा आता था। मम्मी से इतनी बदतमीज़ी से बात करते थे। कुछ महीने बीते नहीं की किराया बढ़ाओ। हमारे मकान मालिक के साथ हमारा कोर्ट केस भी शुरू हो गया। इसी वजह से आजकल पापा के कोर्ट के चक्कर बहुत लग रहे थे। ज़्यादा पता नहीं चला था कि केस का असल मुद्दा क्या था। माँ बोलती थी की दूसरे मकान की पगड़ी के पैसे इक्कट्ठे होते ही घर बदल देंगे।

ज़िंदगी के जिम में वर्जिश करते करते माँ पापा पतले होते जा रहे थे। बाक़ी की कमी मकान मालिक के परेशान करने से पूरी हो गयी थी। बस कोई कमज़ोर दिख जाना चाहिए, उसे दबाने की ताक में दुनिया हमेशा रहती है। माँ पापा की गुल्लक ज़माने भर के खर्चों के लिए शायद कम पड़ रही थी। एक तरफ़ से ढकते थे चादर तो दूसरी तरफ़ से उघड़ जाते थे।

आज मेरा सिक्स्थ क्लास का मिड टर्म का रिज़ल्ट आया था। मैं हमेशा की तरह क्लास में अव्वल थी, खुश थी पर जैसे ही अपनी बिल्डिंग के नीचे पहुंची मेरे पांव के नीचे से ज़मीन खिसक गई। घर का सारा सामान बिखरा सड़क पर पड़ा था। मेरे कुछ दोस्त देख रहे थे। मुझे नहीं पता, मैंने कितनी सीढ़ी टापी कुछ पर गिर भी गई थी। सीढ़ी टाप टाप कर घर पहुंची एक वकील, गुड्डी के दादा जी हमारे मकान मालिक तने खड़े

थे दरवाज़े पर और मल्ली एक कोने में डरी हुई बैठी थी। माँ उन लोगों को जो सामान फेंक रहे थे, रो रो के कह रही थी "रुक जाओ भैया रुक जाओ" इनके पापा कोर्ट ही गए हैं। उतना तो इंतज़ार कर लो। ये सामान मत फेंको। मैंने माँ को गले से लगा लिया

"माँ शांत हो जाओ! फेंकने दो सामान, आप मत परेशान हो शशशशश माँ"

माँ किचन में गई और बोली बेटा मैंने ये दो पतीले छुपा के रख दिए थे। इसमें कढ़ी चावल हैं नीचे ले जा। मयूरी को भी खाना खिला देना और तू भी खाना खा लेना। मेरा मन तो नहीं था माँ को छोड़कर जाने का पर मैं उनसे बहस नहीं करना चाहती थी। मैंने बिना बहस किए मल्ली का एक हाथ पकड़ा और दूसरे हाथ में पतीले। जैसे तैसे मैं नीचे पहुंची। नीचे हमारा सोफा पड़ा था जो उन लोगों ने फेंका था। वहाँ एक बाबा खड़े थे वो रोज़ मुहल्ले में बांसुरी बेचने आते थे। बाबा ने सोफ़ा सीधा कर दिया हमारे लिए। बाक़ी लोग तो तमाशा देखने में मसरूफ़ थे। सोफे पर बैठ कर पहले मैंने मल्ली को खिलाया और फिर मैंने खुद बड़े-बड़े निवाले लेकर कढ़ी चावल खाए। उस दिन मेरा मन शायद पत्थर का हो गया था। आसपास कई आवाज़ें थी। कुछ हंसी उड़ा रहे थे और कुछ संवेदना दिखा रहे थे पर मेरे कानों में सिर्फ मेरी माँ की आवाज़ गूँज रही थी "रुक जाओ! रुक जाओ! भैया सामान मत फेंको।"

सामने नज़र उठाई तो पापा माथे पे पसीना लिए, हांफते हुए, कोर्ट के काग़ज़ हाथ में पकड़े पहुँचे पर तब तक सब बिखर चुका था। कुछ नहीं बचा था तब तक, कुछ भी नहीं। सब कुछ सड़क पे पड़ा था सिवाय माँ के हौसले के।

उस दिन केसर खुशियों से भरी केसरिया केसर नहीं थी। वो थी लाल क्रोध से, नफरत से और पश्चाताप से। बस एक ही बात जो मन ही मन परेशान की हुए थी वो थी "काश आज मैं कुछ कर पाती। काश!

उस दिन उस सोफे पर बैठे हुए मैं मम्मी की बात को बार बार याद कर रही थी। मम्मी हमेशा मंदिरों और गुरुद्वारों में हमें बोलती थी कि भगवान को याद करो तो ज़रूर मदद करते हैं। मैंने सोचा कि क्या आज मम्मी पापा ने याद नहीं किया होगा उन्हें और मेरा विश्वास उस

दिन सड़क पर पड़े अपने बिखरे घर को देखकर कुछ हिल सा गया था। मुझे समझ में आ गया था उस दिन कैसे दुनिया आपका छोटा सा दिल अपनी दो उंगलियों में लेकर मसल देती है। वो पहला लम्हा था जब मुझे ताकतवर होने की क़ीमत समझ में आयी।

भगवान अपने भक्तों की परीक्षा भी लेते हैं और फंस जाने पे निकाल भी खुद ही लेते हैं। अपने घर को सड़क पे बिखरा तो देख लिया पर अपने बच्चों को सड़क पे देखना बहुत मुश्किल था। मम्मी पापा परेशान हो ही रहे थे कि अब करना क्या है? कि मम्मी की एक फ्रेंड राज आन्टी जो उसी कॉलोनी में रहती थी, वहां आईं। मम्मी ने उन्हें सारी बात बताई और वो कुछ कहतीं उससे पहले मम्मी ही बोल पड़ीं "राज क्या आज की रात सामान तुम्हारे घर पर रख दें।" आंटी ने माँ को गले लगा लिया।

पापा ने ट्रक का इंतजाम किया और सारा सामान ट्रक में लादा। हमारा टेक्सला का टीवी पूरी तरह टूट गया था। माँ ने जिसे कितनी मुश्किलों से खरीदा था। उसके टूटे टुकड़े भी उठा लिए पापा ने क्योंकि जिन लोगों के दिल होते हैं ना वो बेजान चीजों को भी सड़क पर पीछे नहीं छोड़ पाते।

राज आंटी की भावुकता देख मेरा दिल थोड़ा बेहतर महसूस कर रहा था। नासूर बनने से पहले ही किसी ने चोट पर दवा लगा दी थी पर उस दिन वहां से जाते वक़्त मुझे समझ में आया कि अमिताभ बच्चन ने दीवार मूवी में वो बिल्डिंग क्यों खरीदी थी। मेरे मन में भी जैसे वो विजय वाली फीलिंग आ रही थी। दीवार फिल्म के विजय का जन्म ज़ाती ज़िंदगी में हो गया था। सोचा बहुत कामयाब बनूंगी। जिस दुनिया ने आज हमारा मज़ाक़ बनाया है, वही दुनिया एक दिन मेरे लिए तालियाँ बजाएगी। इस सोच ने मेरे नन्हे सपनों को जैसे पर लगा दिए। हमने राज आंटी के यहां पूरी रात गुज़ारी पर मैं सोई नहीं। उस दिन से ही शायद मेरे रात की नींद बहुत कम हो गई थी जो आज तक भी कम ही है।

5
मेरठ

अगले दिन सुबह मैं, मम्मी और मयूरी ट्रक के पीछे बैठे और पापा ड्राइवर के साथ आगे की सीट पर। मैंने मम्मी से रास्ते में पूछा मम्मी हम कहाँ जा रहे हैं? उन्होंने कहा दादी दादू के घर मेरठ।

दादी दादू का घर मतलब आम के पेड़, आलू बुखारे के पेड़, दादी की खड़ाऊँ की खटर-पटर, आँगन में बिछी खाट और मसहरी, दादी दादू की बहस, पीतल की थाली, पीतल के गिलास, नींबू के अचार की बरनी, आटे के गुलगुले, सौंफ में छुकी लौकी की सब्जी। सब कुछ आंखों के आगे घूम गया। उसी वक्त ज़ोर का ब्रेक लगा ट्रक पर और मेरी सोच पर भी। कुछ खाने को लेने के लिए पापा नीचे उतरे और कुछ गरम पकोड़े, गुड़ की चिक्की और मूंगफली ले आए।

सर्दियों के दिन थे जिस वक्त हम पहुंचे दादी दादू के घर। दादी दादू ने अपना कमरा हमें दे दिया और खुद अपने ही घर में हो गए खानाबदोश क्योंकि बाकी के कमरों में रहते थे चाचा और ताऊ के परिवार। उन सब के बेटे थे। मैं खुश थी अब मेरे पास भी भाई होंगे। वो हिंदी मूवीज़ में भाइयों का चरित्र बड़ा अच्छा दिखाते हैं ना। भाई रक्षा करते हैं तो बहन को कभी कोई तकलीफ नहीं होती। मैं भी उसी भुलावे में थी।

हमारी सबकी रसोई कुछ दिन तो साथ रही पर फिर क्या है ना मम्मी पापा के काम का ठिकाना नहीं था इसलिए कौन करता उनसे रसोई सांझी। मेरी माँ को आंगन के एक स्टोर को साफ कर उसकी रसोई बना

कर दे दिया गया। टूटी किचन, घर में सब के बदले हुए रवैये और पैसों की परेशानी में माँ जूझती रही।

रोज़ काम ढूंढने निकलती थी माँ। तब किसी पड़ोसी ने सुझाया "आपको स्कूल में नौकरी चाहिए तो आप कैसे भी बी एड कर लो।" माँ मेरी धुन की पक्की थी। जैसे तैसे उन्होंने बी.एड शुरू कर दी और थोड़े ही दिन में एक स्कूल में नौकरी भी लग गयी। यहाँ नौकरी लगना ज़रूरी था क्यूँकि मेरठ में माँ वो सब काम नहीं कर सकती थी जिस से उन्होंने हमें दिल्ली में पाला था। मेरठ में दादी दादू को सब जानते थे। माँ के क्लिप बेचने से या मार्केट रीसर्च करने से परिवार की इज़्ज़त मिट्टी में मिल जाती। मैं कभी कभी सोचती हूँ की ये कैसी इज़्ज़त होती है जो बात बात पर मिट्टी में मिल जाती है।

सुबह सुबह हम सबका टिफ़िन बनाना, स्कूल जाना, घर वापस आके फिर खाना बनाना और फिर ट्यूशन। कहाँ से माँ इतनी हिम्मत लाती थी। ऊपर से अपने घर वालों के सामने पापा का बदला हुआ रवैया। लगता ही नहीं था ये हमारे दिल्ली वाले ही पापा हैं। कुछ भी हो पर माँ ने अपने समर्पण में कभी कोई कमी नहीं रखी।

6
कल्याणी जी

दो साल बीत गए और फिर आई हमारी तीसरी बहन कल्याणी। माँ बताती है जब वह उसकी डिलीवरी के लिए हॉस्पिटल गयीं थीं, एक रात पहले उन्हें दुर्गा माँ सपने में आयीं थी। माता रानी सपने में बोली थीं "बेटा डरना मत मैं तेरे साथ हूँ।" माता रानी को भी यकीन था कि जब तीसरी भी बेटी होगी तो माता रानी की ढाँढस की मम्मी को बहुत ज़रूरत पड़ने वाली है। लोग बधाई देने आ रहे थे घर या शोक जताने समझ नहीं आ रहा था मुझको।

"बेटा हिम्मत रखना जैसी भगवान की मर्ज़ी"

"बेटा होता तो अच्छा हो जाता" वगैरह वगैरह

जब हमारी सबसे छोटी बहन छुटकी आई थी मुझे याद है मैं और मयूरी हॉस्पिटल रूम के बाहर सफ़ेद बेंच पर बैठे थे। जब नर्स आंटी बोली "बहन आई है तुम दोनों की।" अंदर गए थोड़ी ज़्यादा सांवली थी। एक दूसरे की तरफ देखा और सोचा "

लगता है भगवान ने अंतिम पलों में प्लान चेंज कर दिया। भाई भेजते भेजते बहन भेज दी। पर वह सच में कल्याणी ही थी उसके होने के बाद हमारी कहानी में काफी कल्याणकारी मोड आए। मम्मी की बेहतर स्कूल में नौकरी लग गई, मेरा एडमिशन मम्मी ने काफी अच्छे स्कूल में करा दिया, मयूरी का ऐडमीशन माँ ने अपने ही स्कूल में कर दिया, पर मम्मी बहुत ज़्यादा व्यस्त रहती थीं। सुबह स्कूल, शाम को ट्यूशन, खाना

बनाना वगैरह वगैरह। कल्याणी तो मानो जैसे खुद ही पल गई। पापा उन दिनों भी दिल्ली शटल से जाते थे,कोशिश तो करते रहते थे कि वो हमारी जिंदगी को बेस्ट बना पाएँ पर वो ऐसा करने में हमेशा नाकामयाब ही रहे। सच बोलूँ तो नाकामयाब इसलिए भी रहे क्यूँकि वो अपनी शर्तों पे काम चाहते थे।

मम्मी की नौकरी लगने से और पापा के बीच-बीच में पैसे लाने से हमारी जिंदगी अब बेहतर होने लगी थी और लोगों को बहुत तकलीफ़ क्योंकि जब कोई कमज़ोर अपनी ज़िन्दगी को बेहतर बना पाए, अपनी बेटियों को सारे हालात में भी राजकुमारी बनाकर रखे और सबसे ऊपर सारी तकलीफों के बाद भी मियाँ बीवी में ज़्यादा झगड़ा ना हो तो लोगों को थोड़ी मिर्ची लगने ही लगती है। घर की बाकी बहुओं को दादी मम्मी का उदाहरण देती थी।

"देखो कैसे संभाला है शुभी ने सबकुछ।" शुभी यानि मेरी प्यारी माँ!

7

बड़े?

हम मकान में अंत में आये थे इसलिए बच्चे हों या बड़े, हर बात पर हमारी रैगिंग करना नहीं भूलते थे।मम्मी को दिन रात होते अन्याय से आपत्ति थी। घर में जो बड़ा हॉल था उसमें हमारे मेहमान नहीं बैठ सकते थे, किचन अब हमारी और भी ज्यादा टूट चुकी थी और आते जाते छोटी-छोटी बातों पर अलग से तानें दिये जाते थे।

माँ ने कई बार सब बड़ों से कहा कि जो स्टोर रूम बंद रहता है, मुझे उसे किचन में बदल लेने दो। एक दिन मम्मी की बर्दाश्त का बांध टूट गया और वो स्टोररूम जो सालों से बंद था, मम्मी ने उसका ताला तोड़ा, कबाड़ बाहर फेंका और उसे अपनी नई किचन बनाने की ठान ली और ये सब तब हुआ जब पापा घर पर नहीं थे। बेचारी मम्मी को यह नहीं पता था कि इस बात पर घरवाले उस पर कितने हावी हो जाएंगे। द सो कॉल्ड सभ्य समाज के लोग अपनी बहु पे हाथ उठाने से पहले एक बार भी सोचेंगे तक नहीं। घिन्न आती है मुझे वो दिन याद करके। मैंने कभी नहीं सोचा था की एक दिन मेरे सब्र का बांध यूँ टूटेगा। माँ रो रही थी, बहनें डरी सहमी खड़ी थी और मैं ग़ुस्से से पागल हो गयी थी। बीच बचाव की हर कोशिश बेकार हो गयी थी। रोकने के लिए एक बोतल तोड़ी मैंने और अपनी माँ को अपने पीछे लेकर बोला अगर अब आप लोग नहीं रुके तो "मैं पुलिस को बुला लूंगी अब कोई मेरी माँ से एक शब्द भी बोला तो देखना।" आख़िरकार इस दुनिया ने मुझे लड़ना सिखा ही दिया।

"अपनी बेटी को इतना भी नहीं सिखाया की बड़ों के बीच में नहीं आते" कहीं से तो खिसियाई हुई आवाज़ आयी।

मुझे हंसी आ गयी "कौनसे बड़े ????????"

वो बड़े जो रक्षाबंधन के एक दिन पहले ही खुसर पुसर करते थे "लो अब आ जाएंगी राखी लेकर पैसे लेने।"

वो बड़े जिनके सो कॉल्ड सपूतों को मैंने राखी बांधना छोड़ दिया था। वो बड़े जो दादाजी के दूध में पानी मिलाकर देते थे। इन बड़ों से बहस करके, उन पर चिल्लाकर ज़रा सा भी पश्चाताप नहीं हुआ मुझे। जितने कटोरी पानी मैंने और मम्मी ने मिलकर अपनी किचन की टपकती छत से इकठ्ठा किया था और फेंका था, आज उस सबका बदला पूरा हो गया था। जब छत टपकती है ना सर पर तो क्या महसूस होता है, उसे शब्दों में समझा पाना असम्भव है। बस एक बात है जो इस को एक बार महसूस कर ले वो हमेशा के लिए छत की क़ीमत समझ जाता है। ना भूलने वाली क़ीमत!

8

बोर्ड ऐग्ज़ाम

बस अच्छा वक़्त होता था स्कूल का। घर के बड़ों से दूर, अपनी माँ को गौरान्वित करने की कोशिश के अवसर होते थे जहां। आँठवी क्लास का रिज़ल्ट आया था उस दिन। मुझे असेम्ब्ली में ट्रोफ़ी दी गयी। मेरे मम्मी पापा बहुत खुश हुए पर जो इन सफलताओं के पीछे सच में थी, जो इन सफलताओं के लिए खुदको हर पल स्वाहा कर रही थी वो थी मेरी मम्मी। पढ़ाई पर पूरा ध्यान दें इसलिए कभी हम बहनों से किचन में काम नहीं कराया और सच कहूँ तो मुझे चाव भी नहीं था। आज सोचती हूँ तो बहुत पछतावा होता है, थोड़ा सोचना चाहिए था कि स्कूल, ट्यूशन, मेरी बहनों की पढ़ाई और किचन कुकिंग में मेरी मम्मी की सेहत काफ़ी खराब होने लगी थी।

एक दिन मैं घर आयी, माँ अपने कंधे पर पानी डाले जा रही थी। बहुत ज्यादा दर्द था उनको। मैं कमरे में गई तो बोली "बाहर जाओ।" वो शायद हमको अपनी ऐसी हालत दिखाना नहीं चाहती थी। फिर वो एक सरकारी अस्पताल में खुद को दिखा के आयीं क्योंकि पापा हॉस्पिटल डॉक्टर्स में ज्यादा विश्वास नहीं करते थे। सरकारी डॉक्टर ने एक पेन किलर दी थी रोज़ की और एक टेस्ट करवाने को बोला। रूमेटाइड अर्थराइटिस पौज़िटिव थी। इस सब के बावजूद स्कूल हो या घर माँ अपनी किसी ज़िम्मेदारी से पीछे नहीं हटती थी और उन सब में एक ज़िम्मेदारी और भी थी, मल्ली की पढ़ाई पर ध्यान देना क्योंकि वह पढ़ाई में ज्यादा तेज़

नहीं थी।

बस कभी-कभी जब हम माँ के साथ बाज़ार जाते थे तब माँ बहुत खुश होती थी। फालूदा, भेल पुरी, गोलगप्पे खाते थे। हमारे लिए छोटी-छोटी चीज़ें ख़रीदना पर खुद वही चार सूती सूट में वो पूरा साल निकाल देती थीं।

मैं और पापा देख ही नहीं पाए कि माँ खाली होती जा रही थी, कमज़ोर होती जा रही थी। स्कूल की पॉलिटिक्स, घर के षड्यंत्रों में परेशान माँ पिस रही थी और बिखर रही थी।

मेरे दसवीं के बोर्ड की परीक्षा थी और माँ काफी उम्मीद लगाए हुए थी मेरे रिज़ल्ट से। मैं सुबह से पढ़ रही थी पर माँ ठीक नहीं थी उस दिन। माँ की तबीयत जैसे दिन बीतता गया काफ़ी ख़राब होने लगी। शाम को माँ अचानक कमरे के दरवाज़े पर नीचे बैठ गई और ज़ोर ज़ोर से रोने लगी। काबू में ही नहीं आ रही थी। सर पटक रही थी और मुझे पहचान भी नहीं रही थी। मैं बहुत डर गई और घर के लोगों को उनकी तकलीफ ड्रामा लग रही थी। कोई कुछ नहीं कर रहा था। सब तमाशा देख रहे थे और पापा पता नहीं किस सोच में पड़े थे, डर रहे होंगे अपने परम पूज्य घर वालों से शायद। मुझे कुछ समझ नहीं आया पर मैंने माँ को हमेशा से देखा था कि कोई बीमार हो तो कैसे निर्णय लेते हैं, भाग दौड़ करते हैं। मैं भागी और बाजू में जो डॉक्टर अंकल रहते थे उनसे बात की, हॉस्पिटल से स्ट्रेचर मंगवाया और वो लोग माँ को स्ट्रेचर पर लेकर चले गए। पापा साथ में गए उन लोगों के, मैं नहीं गई। एक दिन बाद मेरी साइयन्स की परीक्षा थी। जिस दिन के लिए माँ ने इतने साल मेहनत की, मैं उस रिज़ल्ट को बिगड़ने नहीं देना चाहती थी। मैं कंटीन्यूअस रो रही थी पर मैंने पढ़ना नहीं छोड़ा। वहां हॉस्पिटल में मेरी माँ लड़ रही थी और यहां घर में मैं।

मम्मी के जाने के बाद मैं थोड़ी देर रोती रही। पर सोचा बहनों को खाना तो देना ही है। माँ नही है, मेरी ज़िम्मेदारी है। फटाफट किचन में गई देखा आलू टमाटर की सब्ज़ी रखी थी दोपहर की। सोचा अंधेरा होने से पहले ही ब्रेड ले आती हूँ। मयूरी और कल्याणी को बोला “तुम लोग टीवी देखो, मैं आती हूँ।”

मयूरी की समझ और कल्याणी की उम्र कम थी तो बात की गहराई पर पर्दा डालना आसान था। डिनर, चाय का डिब्बा, चीनी का डिब्बा और एक छोटा सिलेंडर मैंने कमरे में लाकर ही रख लिया था। रात को मम्मी पापा के बिना बाहर जाने में डर लगता ना। खुद खाया और बहनों को भी खिला दिया यह सोच कर कि माँ होती तो क्या हम तीनों को भूखा सोने देती?

बस चाय बनाते, पीते पढ़ते और रोते सारी रात कट गई और पूरी रात मैं बार-बार यही सोच रही थी कि “कार्बन एंड इट्स कंपाउंड्स चैप्टर तो तुमने पढ़ाना था न माँ। माँ हमेशा बोलती थी कि ये चैप्टर मुझे तुम पढ़ाओगी अब कहां चली गई?”

माँ कहती रही ये चैप्टर एक बार मैं पढ़ा देती हूँ और मैं ना करती रही। आज ये चैप्टर याद करते वक्त माँ के सिवा कुछ नहीं सूझ रहा। माँ पापा कुछ बोलें ना तो मान ही लेना चाहिए। सोचते सोचते चाय बनायी और पूरी कोशिश की पढ़ाई में मन लगाने की। चाय, सोच, पढ़ाई में कब सुबह हो गई पता ही नहीं चला।

सुबह-सुबह मिश्रा आंटी और अंकल मम्मी के कपड़े लेने आए थे। मिश्रा आंटी और अंकल हमारे सामने वाले घर में रहते थे। घर वालों ने चाहे माँ को कभी समझा और सराहा न हो पर सब पड़ोसी मेरी मम्मा को बहुत मानते थे। उस समय आस पड़ोस के अंकल आंटी ने मदद न की होती तो पता नहीं क्या होता। खैर! मैंने पूछा 'माँ कैसी हैं?” तो अंकल बोले “ठीक है” पर ये बोलते वक़्त उनका गला भर आया।

मैं नाश्ता लेकर हॉस्पिटल पहुंची, पास में ही था। वहां डॉक्टर अंकल से बात की तो बोले “मम्मा कोमा में हैं, यूं सोचो मम्मा थक गई है, सो रही हैं” मेरे कुछ पूछे बगैर ही कंधे पर हाथ रखा और बोले “मम्मी जाग जाएगी बिटिया हिम्मत रखना।” इतना विश्वास था उनकी आंखों में कि मुझे कोई संदेह ही नहीं रहा। माँ के कमरे में जाने से उन्होंने मना कर दिया था। मैं घर लौट गयी, रास्ते में सोच रही थी जिन भगवान को हम मंदिर और गुरुद्वारों में ढूंढते हैं वो कैसे हमें दर्शन देने आ जाते हैं। उस दिन डॉक्टर अंकल में मुझे भगवान ही दिखे।

ख़ूब पढ़ी कोई कसर नहीं छोड़ी। चाची ताई कोई खाना लेकर नहीं आईं। इन्हे ही रिश्ते कहते हैं ना, सो कॉल्ड रिश्ते। खैर दादी आयीं थी एक थाली में खाना लिए पर एक ही दिन ला पाईं बेचारी शायद उन्हें सुनाया होगा सबने।

फिर साइंस पेपर का दिन आ गया। दो रात से मैं सोयी नहीं थी ठीक से।परीक्षा सेंटर के सामने गुरुद्वारा था। भगवान के सामने बस माँ की तपस्या की दुहाई देती रही। उस दिन मुझे एक बार दोबारा आभास हुआ कि भगवान साथ देते हैं। पेपर करते वक्त ऐसा लिखा मैंने, ज़्यादा दिमाग ही नहीं लगाना पड़ा जैसे खुद ही कोई मेरा हाथ पकड़ कर लिखा रहा हो। एक जगह भी सोचना नहीं पड़ा।

9

गालू आजर

सेंटर से निकलते ही सीधा हॉस्पिटल पहुंची। माँ के बेड के पैरों की तरफ बैठी थी और उनका चेहरा देखती रही। उन दिनों आँसू रुकने का नाम ही नही लेते थे। पापा ने शाम होने से पहले घर जाने को बोला। हमारे शहर में रात को लड़कियां बाहर नहीं निकलती थी। घर पहुंचकर बहनों से बात की, खाना खाया और माता रानी की तस्वीर को देखते देखते कब सो गयी पता ही नहीं चला।

अगले दिन पापा का फोन आया “मम्मा कोमा से बाहर आ गई हैं।” मुझे याद नहीं मैंने चप्पल भी पहनी थी या नहीं बस भागी हॉस्पिटल पहुंची जिसके बिना एक पल भी नहीं रह पाती थी आज उसकी आवाज़ सुने ४ दिन हो चुके थे। माँ ने आंखें खोली और लड़खडाती आवाज़ में बोली केसर बहुत भूख लग रही है। बोली “गालू आजर की सब्ज़ी खाऊँगी” जिस माँ ने बोलना सिखाया, आज वो आलू गाजर को गालू आजर बोल रही थी। मैंने किसी तरह खुद को संभाला। हालाँकि एक कुक आती थी खाना बनाने जिसे पड़ोसी आंटी ने लगवाया था, पर आलू गाजर की सब्ज़ी और रोटी अपने हाथ से बना के ले गयी मैं माँ के लिए। दिमाग में था कि मम्मी को शायद डॉक्टर्स खाने ना दें पर माँ की इच्छा पूरी करना चाहती थी। मना करने के बाद भी एक छोटा सा गस्सा रोटी और आलू गाजर का मैंने माँ को खिला दिया।

कहते हैं ना दिन कैसे भी हो निकल ही जाते हैं। मेरे बोर्ड के एग्ज़ैम भी ख़त्म हो गए और माँ भी घर आ गयी। मैंने बताया नहीं ना आपको ब्रेन मेनिंजाइटिस हुआ था मम्मी को।

10

साइयन्स या आर्ट्स

माँ शरीर से बेहतर हो गयी थी पर दिमाग से अभी भी कमज़ोर थी। पापा की अब आंखें खुल चुकी थी उन्होंने भी बिज़्नेस की ज़िद्द छोड़ दी और एक अच्छी कंपनी में नौकरी पकड़ ली थी। जो अब तक की अनसुलझी पहेली है ना कि माँ को इतना स्ट्रगल क्यों करना पड़ा? वो ये है कि पापा को सिर्फ़ बिज़नेस करना था और मेरी माँ ने ठानी थी कि वो हर पल, हर हाल पापा का साथ देंगी। तो ये कहिए कि अगर मम्मी पापा ने यह दोनों भीष्म प्रतिज्ञायें नहीं लीं होती और ना निभायी होती, तो हमारी ज़िंदगी की गाड़ी कम खड्डों से गुज़रती।

डेढ़ महीने बाद मेरी मम्मी खड़ी हो गयी क्योंकि आपको पता है ना मेरी मम्मी तो मेरी मम्मी हैं। एक दिन वो सुबह उठी तो मैं घर के दरवाज़े पर बैठी थी। माँ ने पूछा "यहां क्यों बैठी है?" मैंने कहा "आज का न्यूज़ पेपर आने वाला है ना! माँ मुझे लगता है मेरा नाम आएगा न्यूज़पेपर में, रिज़ल्ट बाहर आ गया है टेंथ का।" माँ बोली "इतनी मुश्किलों में पेपर दिए हैं गुड़िया। क्यों उम्मीद लगाए बैठी है।" वो शायद मेरा दिल टूटते हुए नहीं देखना चाहती थी, पर विश्वास भी कोई चीज़ है ना। पेपर आया चौथे पेज पर हमारे स्कूल के हर सब्जेक्ट के टॉपर्स के नाम थे और "साइंस टॉपर कौन थी? आपकी केसर।" मैं बहुत संतुष्ट थी कि मैंने अपनी माँ की सालों की तपस्या को खाली नहीं जाने दिया। इतना खुश हुई माँ मैं बयान ही नहीं कर सकती। इस खबर ने माँ के अंदर एक नयी

जान फूंक दी। उन दिनों माँ का बहुत ध्यान रखा पर दिमाग में हमेशा आता था कि यही ध्यान पहले दे दिया होता तो ये सब तो नहीं हुआ होता।

अब आई बारी इलेवन्थ क्लास में मुझे कौनसी स्ट्रीम लेनी है। मैं खुश थी अब मैं अपनी पसंद के ही सब्जेक्ट्स पढ़ पाऊँगी। पता नहीं था अच्छे नम्बर ही खुद के दुश्मन बन जाएँगे। पहले ऐसे होता था कम से कम हमारे स्कूल में तो ऐसा ही था कि जो टॉप स्लैब के मार्क्स वाले बच्चे होते थे साइंस लेते थे, एवरेज मार्क्स वाले कॉमर्स और पचास प्रतिशत मार्क्स से नीचे वाले आर्ट्स पर ये फ़ंडा मेरी समझ के बाहर था। मैंने हिम्मत जुटा के मम्मी को बोला कि मुझे आर्ट्स लेना है तो वो बोली क्योंकि तेरी बेस्ट फ्रेंड आर्ट्स ले रही है इसीलिए तू भी लेना चाहती है ना। मेरी बेस्ट फ्रेंड सोनल के कम नम्बर थे तो वो आर्ट्स ले रही थी। मेरे मन में आया काश पढ़ाई ना की होती, माँ तो बीमार थी ही, साइयन्स तो फिर स्कूल वाले ही मना कर देते। आख़री उम्मीद पापा थे। पापा से पूछा तो उन्होंने पूछा "क्यों लेना चाहती हो आर्ट्स" तो मैंने कहा 'मैं जर्नलिस्ट बनना चाहती हूं।" तो वो जो बोले सारी उम्मीदें ही पानी में चली गयीं "क्या झोला लेकर घूमोगी सब तरफ? कोई ज़रूरत नहीं है साइंस लो।"

मम्मी पापा के तर्क वितर्क के आगे और माँ की हालत को देखते हुए मैंने और बहस नहीं की। मैं नहीं जानती थी कि जिस रास्ते पर मैं चल पड़ी थी उसकी कोई ख़ास मंजिल नहीं थी और मंजिल ना मिलने पर एक दिन मुझे मुड़ना ही पड़ेगा। काश माँ पापा से तब विद्रोह कर दिया होता।

11

कलर टी वी

दो महीने बाद माँ ने स्कूल फिर से जाने का सोचा। माँ तो स्कूल जाने ही लगी पर अब पापा की भी आंखें खुल चुकी थी और पापा भी अब ऑफिस जाते थे। अब हमारे घर में भी चीज़ें बेहतर होने लगी, सब सामान आने लगा, कलर टीवी फ्रिज वगैरह वगैरह। हमारा घर इससे ज़्यादा अच्छा कभी नहीं रहा। कभी मैंने मम्मी को इतना खुश नहीं देखा। बचपन से हमेशा माँ को जूझते देखा तो ऐसे माँ को खुश देखना जैसे एक ट्रीट थी।

जिस दिन कलर टीवी आया था पहली चीज़ जो आ रही थी, वो थी मुग़ल-ए-आज़म। बाई गॉड कलर टीवी पर मूवी देखते हुए मुग़ल-ए-आज़म जैसा ही महसूस हुआ। बाक़ी दिन तो भाग दौड़ ही रहती थी घर में पर रविवार को टी वी की सही वसूली होती थी। क्या दिन थे! सुबह रंगोली आती थी। बस यही डिस्कस होता रहता था "आज तो बड़े अच्छे गाने आए'

"अरे आज तो कैसे गाने आ रहे हैं"

पर कुछ भी हो हम देखते ज़रूर थे रंगोली। रंगोली के साथ माँ के हाथ की अदरक वाली चाय पीते थे। ज़िंदगी में जितनी मर्ज़ी बड़ी बड़ी ख़ुशियाँ आ जाएँ पर ये जो छोटी छोटी ख़ुशियाँ होती है ना वो ही हमें ज़िंदगी में आगे बढ़ने का सम्बल देती हैं।

माँ ने हमेशा हमारी लाइफ नॉर्मल ही चाही। वह अपने स्ट्रगल्स के बोझ के तले हमें दबा हुआ कभी नहीं देखना चाहती थी। माँ खुद भी दुखी

टाइप्स नहीं लगती थीं। वो तो हमारे साथ इंजॉय करती थी पर बाद में पीछे मुड़कर देखा तो लगता है थोड़ा और ध्यान से कदम रखने चाहिए थे। मेरी सोच बिल्कुल साफ़ थी, दोस्ती मस्ती सब ठीक है पर जब कुछ मेरी माँ पर असर डालने लगता था मैं उससे दूर हो जाती थी।ख़ुशियों भरे दिन हमेशा पलक झपकते ही बीत जाते हैं। पता ही नहीं चला बारवी के पेपर भी आ गए। मैं इतनी बार रिवीज़न कर चुकी थी की बस पेपर का अब बेसब्री से इंतेज़ार था। ख़ैर पेपर बहुत अच्छे हुए और दो महीने में रिज़ल्ट भी आ गया। हमेशा की तरह मेरे नंबर काफी अच्छे थे। केमिस्ट्री में टौप किया था। तब लगा शायद माँ पापा ने सही ही कहा था की मुझे साइयन्स लेनी चाहिए।

दूसरी तरफ मयूरी की पढ़ाई कराना एक चुनौती थी मेरे और माँ के लिए। उसका दाख़िला ऐसे स्कूल में कराया जिसमें पढ़ाई का दबाव थोड़ा कम हो। मैं और मयूरी बेस्ट फ्रेंड थे तो उसकी पढ़ायी में मैं काफ़ी मदद करती थी। खेल खेल में ही उसे होम वर्क करा देती थी। कल्याणी बेचारी हमेशा लेफ्ट आउट फील करती थी। क्या है ना वो हमारे हिसाब से बोरिंग थी। मैं और मयूरी बड़े हो रहे थे और हमारे कुछ राज़ भी होते थे। कल्याणी जी द ग्रेट माँ की सबसे बड़ी चमची थीं तो उसको कुछ नहीं बता सकते थे। मैं और मयूरी मार्केट जाते तो बर्गर या आलू वाली पैटी खाए बिना नहीं आते पर कल्याणी जी हमें प्रवचन देती थी "पैसे बचाने चाहिए दीदी इतना खर्चा करते हो तुम लोग।"

पूरा दिन माँ बाबा ने जो टेप रिकॉर्डर दिलाया था उस पर गाने और हमारा फेवरेट गेम होता था रेडियो पर आते हुए गानों पर डांस करना। चाहे मेरे पिया रंगून आए या रंग बरसे। हम दोनों खुशियों के रंगों में रंगे रहते थे। कल्याणी भी खेलती थी हमारे साथ पर हम उसे बहुत तंग करते थे, चिढ़ाते थे, क्या है ना कल्याणी को उसकी चमचागिरी का लगान भरना पड़ता था। इसी बड़े होने में, धमा चौकड़ी में मेरा अठारवाँ बर्थ डे भी आ गया। वह बहुत धूमधाम से मनाया था मम्मी ने इसीलिए मैं शुरू से कहती हूँ ना कि मैं माँ की सबसे लाडली बेटी हूँ।

बस एक बात जिससे मुझे परेशानी थी वो ये कि माँ को मेरा ज़्यादा दोस्ती करना अच्छा नहीं लगता था, दोस्तों के साथ टाइम बिताना,

टाइम वेस्ट लगता था और अब तो मैं बड़ी हो गई थी तो और भी ज्यादा डरती थीं वो। कहीं मैं भटक ना जाऊं।

मेरी माँ का नेटवर्क सी बी आई से भी ज्यादा तेज़ था क्योंकि १५ साल उन्होंने टीचिंग की। लोग किसी लड़के के साथ खड़े हुए भी देख ले ना तो बात का बतंगड़ बना देते थे।अफेयर ही डिक्लेअर कर देते थे। मेरे ऊपर सबका ध्यान था पर जिस तरफ़ हम सबका ध्यान नहीं गया उसकी वजह से हम सबकी ज़िंदगी में तूफ़ान आ जाएगा किसी ने ऐसा नहीं सोचा था।

12

मयूरी की बर्बादी

एक बार बसंत पंचमी के दिन मैं कॉलेज से सर्प्राइज़ देने मयूरी के स्कूल गयी तो मयूरी वहां थी ही नहीं। टीचर बोली कि मयूरी १ महीने से स्कूल ही नहीं आयी। मेरे पाँव के नीचे से ज़मीन ही निकल गयी। मैं थोड़ी देर सोचती रही क्या करूं? किसकी तरफ ईमानदार रहूँ? माँ या मयूरी? पर माँ को इतना बड़ा धोखा नहीं दे सकती थी। फिर भी मैंने मयूरी से पहले पूछा और वो मुझसे झूठ बोली। मैंने यह चीज़ भाप ली थी। फिर मैं नहीं रुकी और माँ को बता दिया। वह पहली दरार थी मेरे और मयूरी के रिश्ते के बीच में। उसने कभी कोई मेरा राज़ माँ को नहीं बताया पर उसकी ईमानदारी के एवज़ में मैं उसकी जिंदगी बर्बाद नहीं कर सकती थी। वो एक लड़के को पसंद करने लगी थी जो पढ़ा लिखा भी नहीं था, गुटखा भी खाता था। मुझे समझ नहीं आया मयूरी को उसमें पसंद क्या आया था। हमारे दादी दादू का घर शहर के सबसे पॉश इलाके में था। उस लड़के को यह समझ आ गया था कि अगर यह मयूरी से जुड़ जाता है तो उसकी ज़िंदगी तो सेट है। माँ और मैं जितना ज़ोर लगा सकते थे हमने लगाया पर मजाल है मयूरी टस से मस हुई हो। इस सब में कल्याणी और दबती जा रही थी, मैं और ज़िम्मेदार, माँ और बीमार और मयूरी निहायती बदतमीज़ होती जा रही थी।

एक दिन माँ ने शांति से मयूरी से बात की "अगर तुझे वही पसंद है हम तेरी शादी उससे ही कर देंगे पर बेटा दीदी की शादी के बाद और वह

रो पड़ी, मयूरी भी मान गई पर तब मैं एम एस सी फर्स्ट ईयर में थी। पढ़ाई को एक साल बचा था। नौकरी करनी थी, माँ के सपने पूरे करने थे और उस मयूरी के कारण मेरी शादी की बात होने लगी थी। इतनी नफरत हुई अपनी ही बहन से मुझे। उस दौरान मैं कल्याणी से थोड़ा क्लोज़ होने लगी।

माँ को आश्वासन दे मयूरी ने कॉलेज जाने के लिए माँ को पटा लिया। ट्वेल्थ में ४० प्रतिशत मार्क्स थे मैडम के। हर कॉलेज में मैंने धक्के खाए पर इतने कम मार्क्स में दाख़िला मिलना इतना आसान ना था। माँ का हुकुम था, करती तो भी क्या करती। जितने हॉस्पिटल के चक्कर लगाए थे जब वह पैदा हुई थी उतने ही कॉलेज घूमे मैंने।

सब ठीक नज़र आ रहा था पर यह नहीं पता था कि कुछ ठीक नहीं है। एक दिन मयूरी घर वापस आयी ही नहीं। बाद में फोन आया कल्याणी ने उठाया था। अकड़ के बोली

"मां पापा दीदी को बता देना मैंने शादी कर ली है।"

माँ ने सुना तो जहां खड़ी थी वहीं बैठ गयीं, पापा चुप हुए तो कई दिनों तक नहीं बोले और मैं गुस्से से भर गयी। पापा और दादाजी गए समझाने, मम्मी पापा गये पर कोई असर नहीं। वकील के पास गए तो बोला लड़की बालिग़ है अगर वो बोलेगी अपनी मर्ज़ी से शादी की है तो कुछ नहीं कर पाएँगे। बड़ी दुहाई दी पर वह नहीं लौटी। मेरे माँ पापा सीधे सच्चे लोग थे उस कपटी से नहीं लड़ पाए हालांकि कोई औक़ात नहीं थी उस लड़के की पर हमारी बच्ची उसके पास थी।

माँ एक ही बात बोलती रहती थी मेरी मयूरी भोली है उस कपटी ने उसे फंसा लिया। पर मैं यह बोल रही थी कि कैसे भूल गई वो माँ का संघर्ष, माँ ने उसे कैसे कैसे ज़िंदा रखा कैसे पाला? सब भूल गयी!!

फिर भी माँ के कहने पर मैं उसका सामान देने गई।

सोच रही थी काश माँ ने सबकी बात सुन इस कठोर लड़की को बचाया ना होता।

क्यों बचाया था?

क्यों इसका इलाज कराया था?

क्यों हर हॉस्पिटल के चक्कर लगाए?

क्यों माँ लाइन में २ घंटे लगी डॉक्टर पीटर वुड्स को दिखाने?

और

क्यों उसे मैंने अपनी बेस्ट फ्रेंड माना?

एक ख़ामोशी में डालकर हमारे हंसते खेलते घर को खुद बर्बाद होने मयूरी जा चुकी थी।

13

दिल्ली में जॉब

वो काले धब्बे जो मेरी मम्मी की पाक जिंदगी की सफेद चादर पर मयूरी लगाकर गई थी। वो मेरी मम्मी अपने आंसुओं से रोज़ धोने की कोशिश करती थी पर वो साफ होने के बजाय और फैल जाते थे। काले रंग में सफेद रंग मिलाओ तो ग्रे बनता है वैसे ही मेरी मम्मी की वो चादर काले से स्लेटी तो बन गई पर वापस सफेद कभी नहीं बन पाई। मयूरी के जाने के बारे में हम चारों में से कोई भी ज़्यादा बात नहीं करता था पर बाहर वाले ही बहुत थे बोलने के लिए। खैर भाड़ में जाएँ वो सारे लोग जिन्होंने मेरी माँ पर तोहमतें लगाई।

"अरे पैसे तो हैं नहीं इन लोगों के पास, खुद ही अपनी बेटी भगा दी होगी"

"खुद तो नौकरी करती है बच्चियों पे ध्यान कहाँ है मैडम का"

वग़ैरह वग़ैरह!

जब वो यह भी नहीं जानते थे कि मेरी माँ तो वो है जिसने मिर्ची के पानी से आटे की छानस की रोटी खाई पर मयूरी का इलाज ज़रूर कराया, इतनी तंगी में भी हमें पढ़ाया, मयूरी को ग्रेजुएट बनाने की एक नाकाम कोशिश की और बहुत कुछ।

उस दौरान मैं भी बहुत गुस्से वाली बन गयी थी। मन चीखता था। एमएससी में मेरा पढ़ाई में मन भी नहीं लगता था। उस वक्त मेरा पढ़ाई का सारा ट्रैक खो गया। मन में एक ही बात ने घर कर लिया था कि

कितनी भी शिद्दत से मेहनत करो, कुछ भी कर लो फल अच्छा मिले, ये कोई जरूरी नहीं।

एमएससी की पढ़ाई खुद को धक्का मार मार के की क्योंकि नेट का एग्ज़ाम सब दे रहे थे, मैंने भी दिया पर वो पढ़ाई का जोश और होश खो गया था कहीं। मैं शुरू से जितना तेज़ दौड़ी थी फिनिश लाइन के जस्ट पीछे दम तोड़ दिया था मेरी मेहनत ने भी और मेरी हिम्मत ने भी,६५ प्रतिशत मार्क्स आये थे। माँ का चेहरा देखा था मैंने जब रिज़ल्ट आया था पर वो कुछ नहीं बोलीं। वो जानती थी कि कितनी जूझ रही थी उनकी बेटी। फ्रेंडशिप पे से मेरा विश्वास ही उठ गया था। गलत बातों में ज्यादा मन जाता था और अच्छे दोस्तों में कम।

दो साल ऐसे बीते जैसे दस साल। याद ही नहीं आता क्या किया था, क्या हुआ था। ये याद है २ महीने पापा ने बाहर की लाइट ऑन रखी थी कि कहीं मल्ली रात को घर वापस आई तो बाहर की लाइट ऑन होनी चाहिए।

कब तक चलता ये सब, अपनी मम्मा का उतरा चेहरा देख मैंने अपनी सारी बिखरी हिम्मत फिर जुटाई और नौकरी ढूंढने लगी। तभी दिल्ली की एक लैब का जॉब एडवर्टाइजमेंट पढा और घर से थोड़ा दूर एक कंप्यूटर कैफे था वहां जाकर रिसर्च करी और पहुंची इंटरव्यू देने। बहुत सारे कैंडीडेट्स थे पर मुझे जॉब मिल गयी, पाँच हज़ार पर मन्थ सैलरी। माँ बहुत खुश थी। बहुत ही ज़्यादा और मैं भी। आखिरकार कुछ साल बाद ही सही मैं फिर अपनी मम्मा को खुश कर पाई। जॉब भी किया, रीसर्च पब्लिकेशन भी छापे पर मन खुश नहीं था। हम अपनों की ख़ुशी के लिए अपनी ज़िंदगी का रास्ता बदल तो देते हैं पर उस बदले हुए रास्ते पे चलना आसान नहीं होता।

लैब के हॉस्टल में रहती थी। जब पहली सैलरी मिली तो फीलिंग कुछ अलग ही थी। मैंने मां के भजन सुनने के लिए एक नया टेप रिकॉर्डर और पापा के लिए एक घड़ी ली थी। वो दिन अगर मैं अपने जिंदगी के टॉप १० दिनों में गिनूँ तो गलत नहीं होगा। ये दिन हर बेटे या बेटी की ज़िन्दगी का बड़ा दिन होता है जब वो पहली बर अपने कमाए हुए पैसों से अपने अपनों के लिए कुछ ख़रीदता है।

इसी दौरान मयूरी जी एक बार वीकेंड पर जब मैं घर गई हुई थी आयीं। तब वो प्रेग्नेंट थी। वो भी ऐसी हालत में आई जब हम उसे धक्का मार कर निकाल भी नहीं सकते थे। पापा ने तो मना किया था पर मेरी मम्मी ने उसे अंदर आने दिया। वो बैठी हाँफ रही थी। मम्मी बोलीं "जा कल्याणी रूह अफ़जा ले आ दीदी के लिए" कल्याणी तो गुस्से में उबल रही थी पर चमची है ना मम्मी की, क्या बोलती? मयूरी बोली मम्मी मुझे माफ कर दो। इतनी बेपरवाही से बोली जैसे बस तभी वहां गलती से रूहफ़जा गिरा हो उसकी माफी मांग रही हो। उसकी आंखों में मुझे रत्ती भर भी पछतावा नहीं दिखा। पर माँ ने उसे माफ कर दिया। गाय जैसी भोली मेरी माँ अपनी बच्ची को फिर गले लगा बैठी। उसके बाद आज तक वो जो बर्बादी करके गयी थी उसने बस उसे दोहराया ही है। कितनी बार माँ के पास आती है और फिर माँ के विश्वास को रौंद के चली जाती है। कितनी बार माँ पापा ने उसके पति को पैसे दिए। कुछ सालों बाद मयूरी के पति को रीढ़ की हड्डी में कुछ प्रॉबलम हो गई। बेडरिडेन हो जाता मयूरी का पति अगर मां ने इलाज न कराया होता। ख़ैर मयूरी की कहानी एक अलग ही कहानी है जिसमें माँ से किए गए धोखे हैं, मयूरी की बर्बादी है, दो बच्चे हैं जो अपने बाप पर चले गए हैं और उसका पति है जिससे अपनी मल्ली को बचाने की हर कोशिश नाकामयाब रही है मेरी क्योंकि अपना ही सिक्का खोटा हो तो कोई क्या करें?

14

केसर की विदाई

ख़ैर अब मेरी कहानी को ज़रा पीछे कर वहां पहुंचते हैं जहां मेरी नौकरी लगी थी, वहां मुझे एक नेक और नटखट लड़का मिला, जिसका नाम था सात्विक। सबसे कटी कटी ही रहती थी मैं। खाना खाने हॉस्टल मैस में भी नहीं जाया करती थी क्योंकि मैंने सुना था हॉस्टल मैस का खाना ज़्यादातर बेस्वाद होता है और सबसे बड़ी बात ये थी की फूंक-फूंक कर कदम बढ़ाने थे, कोई गलती ना हो जाए मुझसे।मयूरी ने जो किया उसके बाद माँ पापा का ध्यान रखते हुए आगे बढ़ना बहुत ज़रूरी था।

मैं चाह कुछ और रही थी, हो कुछ और रहा था। ज़िन्दगी ऐसी ही होती है ना। हम जब ज़िन्दगी को प्लान कर रहे होते हैं वो आगे बढ़ रही होती है। चलते-चलते आते जाते कब मेरी सात्विक से बहुत बातें होने लगी पता ही नहीं चला। उसकी हँसमुख नेचर मुझे भाने लगी थी। उसने मेरे अंदर एक समझदार और ईमानदार लड़की देख ली थी जो उसके घर के लिए परफेक्ट थी। ऐसा वो अपने दोस्तों से बोलता था। हम दोनों शायद इसलिए आकर्षित हुए क्यूँकि विज्ञान के हिसाब से अपोज़िट पोल्ज़ अट्रैक्ट।

उसी दौरान मम्मी ने मेरा मैट्रिमोनियल ऐड पेपर में दे दिया। माँ को अपने सर पे से कलंक हठाना था जो मल्ली लगा के गयी थी और वो उनके अनुसार मेरी धूम धाम से अरेंज मैरिज करके ही हट सकता था।

सात्विक इस बात से बहुत ज़्यादा गुस्से में आ गया था। उसे लगा मैं उसे धोखा दे दूंगी। सच बोलूं तो मुझे बहुत हँसी आ रही थी। ख़ैर उस ढेर सारे रीऐक्शन के बाद वो बोला मैं चलता हूँ तुम्हारे माँ पापा से बात करने। उसमें हिम्मत थी मेरे मम्मी पापा का सामना करने की पर मुझ में नहीं थी। मुझे उन्हें बिल्कुल दुःख नहीं देना था।

फिर क्या था वीकेंड पर पहुंच गए सात्विक महाराज मेरे घर। मेरे मम्मी पापा को मेरा एक लड़के के साथ घर आना पसंद आया था या नहीं, पता नहीं। सात्विक के लौट जाने के बाद मैंने माँ से बात की

"मां डरके हाँ मत कहना और ये मत सोचना अगर मना किया आप लोगों ने तो मैं भी घर छोड़ कर चली जाऊँगी।

"ना माँ आपकी बेटी ऐसा कभी नहीं करेगी अगर आपको और पापा को सही नहीं लगेगा तो मैं शादी नहीं करूँगी सात्विक से।"

माँ को बहुत तसल्ली हुई होगी पर वो चुप थी। माँ के मन की बात मैंने पढ़ ली थी। उन्हें ये डर था कि लव मैरिज हो रही है। अगर अरेंज मैरिज होती तो मल्ली कांड के बाद ज्यादा बैटर होता पर जोड़ियाँ ऊपर से बनके आती हैं। सब लोग मान गए। किसी ने ना नहीं करी। कोई लव मैरिज वाली फ़ीलिंग नहीं थी क्यूँकि कोई कॉम्प्लिकेशन नहीं थी और मुझे तसल्ली थी क्यूँकि ये लव शव विद्रोह मुझसे हो भी नहीं पाता।

मुझे शादी की तैयारियों में ही एहसास हो गया था की ये सफ़र कठिन होने वाला है। अभी से ही कुछ निर्णय दोनो पक्षों को ध्यान में रखते हुए लेने पड़ रहे थे।अब मैं अपनी माँ का बेटा नहीं रह पाऊँगी ये डर मुझे अंदर ही अंदर परेशान किए हुए था। शादी से लेकर एंगजमेंट तक कई बार मन में आया शादी करूँ या नहीं। माँ मेरी ख़ुशी में ख़ुश थी और मैं उनकी ख़ुशी में। जानती हूँ ये बहुत अजीब है और मानना मुश्किल है कि किसी ने इसी हाँ ना में शादी जैसा बड़ा निर्णय ले लिया पर यही सच है। कुछ सच भी कन्फ़्यूज़्ड होते हैं। पूरी ज़िंदगी माँ संघर्ष करती रही और जब अब उस संघर्ष से कुछ पाने का वक्त आया मुझे ब्याह रही थी। मेरी डोली मेरे घर से ही उठी। बहुत सुंदर पंडाल, एक से एक इंतजाम, शहनाई वाला और मेरे लिए यादगार लम्हा था जब माँ पापा डीजे पर नाचे, दोनों के हाथ ऊपर थे कि देखो दुनिया वालों हमने ब्याह दी अपनी केसर रीती रिवाज़

से, धूम धाम से।

विदाई का वक़्त आया मैंने माँ को याद दिलाया खील लाओ अंदर से, पीछे फेंकनी हैं। आदत है ना माँ को कि मैं याद दिलाती हूँ हर चीज़। बहुत रोए हम सब, माँ फफक फफक के रोई, मैं बहुत रोयी, मेरी बहनें भी। उनकी केसर विदा हो गई।माँ की छाती फट रही होगी। ये सोच सोच ऐसी टीस थी मन में कि आज भी आँख में आँसू आ जाते हैं उन पलों को याद करके। किसी की हिम्मत, उसकी हँसी, उसकी खिलखिलाहट विदा हो चुकी थी। पीछे छूटा एक सूना आंगन, एक बीमार माँ, एक चुप पापा और कल्याणी।

15
दो बेटों की शादी

शादी होने के बाद की कहानी सोचूँ तो बहुत लम्बी है पर आँख बंद करती हूँ तो बस इतनी सी है कि सात्विक चाहता था कि मैं उसके मम्मी पापा को शादी होते ही उतना ही प्यार करने लग जाऊँ जितना अपने मम्मी पापा से करती हूँ। नहीं हो पाया मुझसे एक दम से।मेरा प्यार कोई एक दिन में उत्पन्न हुआ चमत्कार नहीं था। वो तो सालों क्षण क्षण पनपा वृक्ष था जिसकी जड़ें मेरे घर में थी। मैं छाया बांट सकती थी पर जड़ें काटना नामुमकिन था। हो सकता है उतना प्यार हो भी जाता पर समय तो चाहिए था मुझको। मैं यह तो नहीं कहूंगी कि जड़े काटने को कभी भी कहा उसने पर कुछ बातें जो अनकही होती हैं उनका शोर सबसे ज़्यादा परेशान करता है। उसको मैंने सब कुछ बताया था शादी से पहले माँ का संघर्ष, पापा की परेशानियाँ और हमारी पुरानी ज़िन्दगी के बारे में, तब भी वो मुझसे जो अपेक्षाएँ करता था वो मेरे समझ के बाहर थीं।

प्यार होते हुए भी कुछ साल सिर्फ लड़ाई का कारण यह था कि एक लड़के और लड़की की नहीं, दो आज्ञाकारी बेटों ने शादी कर ली थी। उनमें से एक बेटा थी मैं, जिस बेटे को बहू बनाने की कोशिश में मैं खुद को बहुत दुखी पाती थी।

सोचती हूँ सात्विक अगर एक सीधी-सादी, ज़्यादा तर्क वितर्क ना करने वाली किसी ऐसी लड़की से अरेंज मैरिज कर लेता तो क्या ज़्यादा ठीक होता उसके लिये और मेरे लिए क्या ठीक होता मैं आज तक नहीं

जानती पर इतना जानती हूँ कि हम दोनों एक दूसरे के लिए बने थे इसीलिए साथ हैं। हाँ लव मैरिज हुई थी हमारी क्योंकि प्यार तो है पर अलग सा। इश्क की जगह समझदारी ने ले ली है। हम दोनों में कुछ भी सेम नहीं, सब अलग है पर कह सकते हैं कि हम एक दूसरे के पूरक हैं। बहुत से झगड़ों में थोड़ी सी समझदारी और ज़रा सा प्यार काफ़ी था हमें जोड़े रखने के लिए।

शादी के कुछ साल हम बैंगलोर रहे। वहाँ हम दोनो नौकरी करते थे। पर एक बात जो खलती थी वो यह की दोनों की जॉब टाइमिंग सेम है पर घर के काम सिर्फ़ मुझे क्यूँ करने पड़ते हैं। इन सवालों का जवाब बड़ा मुश्किल है मिलना। जब इस तरह के सवाल मन में घर कर लेते हैं, जीना दूभर कर देते हैं। दो साल बाद हम मुंबई शिफ़्ट हो गए। वहाँ मेरा बड़ा बेटा हुआ। बड़े बेटे के होने के बाद मैंने फिर कभी जॉब नहीं की।

दो बेटे हुए और एक बेटी, तीनों ही बच्चे मेरे दिल की धड़कन हैं। वो तीनों हैं केसर का रंग, उसकी खोई हुई खुशबू और मुझसे भी ज़्यादा वो मेरी मम्मी को प्यारे हैं। जब भी बच्चों को लेकर मायके जाती, नानी नानू और मौसी की ख़ुशी का ठिकाना ना रहता और मुझे जो बात दुःख देती थी वो ये की मैं जब मायके जाती हूँ तो माँ की इंडिपेंडेंट वर्किंग बेटी बनकर कभी नहीं जा पाती। माँ ने कभी शिकायत नहीं की इस बात की क्यूँकि वो हर हाल में मुझे और मेरे परिवार को खुश देखना चाहती थीं। वो मेरी ख़ुशहाल ज़िन्दगी देख बहुत मुकम्मल महसूस करती थीं। हर बार गर्मी की छुट्टी में घर जाती तो सोचती अब की बार घर जाऊँगी तो कुछ काम शुरू कर दूँगी और ये प्रण घर की परिस्थितियों में, सर्दी की छुट्टियों तक टूट भी जाता।

मैं अपनी माँ की बेटी हूँ। मेरी माँ के घर को ज़रूरत थी पैसे की तो उन्होंने पैसे कमाने में अपनी ज़िंदगी लगा दी और मेरे घर, मेरे बच्चों को ज़रूरत थी मेरे समय की तो मैंने अपने घर में अपना पूरा समय दे दिया। इतना की अपनी आकांक्षाओं को, अपने सपनों को ताक पे रख दिया। बेटी के बाद बनी पत्नी और उसके बाद बनी माँ ने अपने अंदर की बेटी को बांट दिया। पलड़ा भारी हो गया बच्चों का।

अब तक तो हम मुंबई में रहे पर अब सात्विक का तबादला चाइना हो रहा था। अब तो और भी मुश्किल था मेरा जॉब करना। जैसे मेरी मम्मा ने अपनी ज़िंदगी स्वाहा कर दी। मैंने भी अपना कैरियर स्वाहा कर दिया क्योंकि सात्विक अपने करियर में, अपनी जॉब में कभी कोई समझौता नहीं करता था और मैं बच्चों को आया या मेड पर छोड़ कर घर से नहीं निकल पायी। माँ को देखते देखते कब मैं माँ जैसी बन गयी पता ही नहीं चला। अपने अपनों की हर ख़ुशी और हर ज़रूरत को अपनी आकांक्षाओं से हमेशा ऊपर रखना खुद ही आ गया।

यहाँ थोड़ा विराम लगाते हैं मेरी कहानी पे क्यूँकि मुझसे से ज़्यादा यहाँ कल्याणी की कहानी ज़रूरी है। जब मैं वहां थी माँ खुद को भी संभाल लेती थी और घर को भी पर मेरी विदाई के कुछ सालों बाद अब काफ़ी बदलाव आ गया है घर की परिस्थिति में। आज माँ का और घर का वो हाल नहीं जो उनकी केसर ने छोड़ा था पर कल्याणी जिसने कभी भी कुछ काम नहीं किया था, आज वो घर भी सँभालती है और बाहर भी। वो सही मायने में श्रवण कुमार है। मैं तो दूर हो गई पर वो देवी माँ का दिया हुआ सच में एक प्रसाद है। मयूरी भी अब इतने सालों बाद सही मायने में शर्मिंदा महसूस करती है और हारी बीमारी में कल्याणी की मदद करती है।

हमारे घर की कुछ सालों बाद और भी आर्थिक स्थिति बिगड़ी क्योंकि अब मम्मी और पापा दोनों रिटायर हो गए थे। सात्विक कोशिश करता था मदद करने की पर हमारे देश में दामाद से लिया हुआ पैसा तो बोझ समझा जाता है।

16

केटरिंग इन चाइना

कुछ घटनाएँ ऐसी घटित हुईं की अपने अंदर की बेटी को अब रोक के रखना बहुत मुश्किल हो रहा था। मैं खुद को रोक नहीं पा रह थी अब। दिशाहीन महसूस होता था। जो पढ़ाई की, उससे जुड़ा कोई अनुभव नहीं था और जो शौक़ था राइटिंग, उसे मैं कॉलेज में ही भूल बैठी थी। सबने इतना रोका की मैंने लिखना ही छोड़ दिया था और कोई ट्रेनिंग भी नहीं ली थी। जब घर में इतने साल निकल जाते हैं ना तो कुछ समझ में नहीं आता कि बाहर की दुनियाँ में उड़ना कैसे है? पंख होते हैं आपके पास पर आप उन्हें महसूस नहीं कर पाते।

एक ही काम था जो मैंने १६ सालों से रोज़ किया था वो था खाना बनाना। उस वक्त यही ठीक लगा की केटरिंग का काम कर लूँ। एक ही दोस्त थी मेरी चाइना में, मैं उसे कई बार अपने दिल का हाल सुना चुकी थी। जब भी बात होती वो बोलती थी तुम तो इतना अच्छा खाना बनाती हो क्यूँ नहीं यहाँ खाने का काम शुरू करती? चाइना था, वहाँ घर के बने वेज खाने के बिकने का स्कोप भी ज़्यादा था। जब मेरी दोस्त ने भी वही बात बोली जो मेरे मन में थी, मुझे लगा शायद ऊपर वाला इशारा दे रहा है। आख़िरकार मैंने उससे बोल ही दिया किसी को इंडीयन वैज खाना चाहिए हो तो बताना।

एक दिन उसकी दोस्त की बेटी की बर्थडे पार्टी थी, जहां पर समोसा सप्लाई करने वाले ने एंड वक्त पर मना कर दिया था। मेरी फ्रेंड ने मेरा

नाम दे दिया बिना पूछे और उसकी दोस्त ने मुझे शाम को फोन किया। ४० लोगों के लिए समोसे बनाने थे, पर सोचा जो सवाल कल रात में रोते हुए भगवान से पूछ रही थी शायद ये समोसे का आर्डर उसी का जवाब है। पार्टी में समोसे पहुंचे और सब साफ। सबको बहुत ज़्यादा पसंद आए। मेरी फ्रेंड की फ्रेंड ने मेरा मेहमानों से परिचय भी कराया।अपनी पहली कस्टमर को मैं कभी नहीं भूल पाऊँगी। उस दिन से एक के बाद एक ऑर्डर्ज़ की झड़ी लग गई। एक हफ्ते में खाने के काफ़ी ऑर्डर आने लगे जिसका मुख्य कारण ये भी था की हम चाइना में थे। चाइना में प्योर वेज फ़ूड का मिलना बहुत सारे वीगन व वेज खाने वाले लोगों के लिए ट्रीट थी। शुरू शुरू में बनाती भी मैं थी और पहुंचा के भी मैं ही आती थी।

माँ से बचपन में एक सीख सीखी थी कि कोई काम बड़ा या छोटा नहीं होता। बस इसी जज़्बे ने मुझे कभी रुकने नहीं दिया। सात्विक की ये बात सबसे अच्छी थी की उसने कभी मेरे नए काम को छोटा नहीं समझा। समय बीतता गया, केटरिंग का काम अच्छा चलने लगा, उन्ही पैसों से मैंने घर की मरम्मत करायी। इतना सुकून था मन में की अब मैं माँ के लिए कुछ कर पा रही थी और क्यूँकि घर से काम कर रही थी तो बच्चों पर भी ध्यान दे पाना आसान था।

मैं अपना रेस्टोरेंट खोलूंगी ये सपना मैंने खुली आँखों से देखना शुरू कर दिया था और पैसे जमा करने भी शुरू कर दिए थे। एक दिन मैंने हिम्मत की, सारे रेस्ट्रॉट लाइसेन्स के फॉर्म लेकर आयी। जब मैं घर पहुंची तो पता चला सात्विक का ट्रांसफर इंडिया कर दिया ऑफिस वालों ने। तीन बच्चों को कैसे पालती एक अजनबी शहर में, विदेश में अकेली। मेरे रेस्ट्रॉट खुलने में ही एक साल लगता अभी तो। घर और स्कूल की फ़ीस बहुत ज़्यादा थी जो सात्विक के ऑफ़िस वाले देते थे। सात्विक इंडिया की सैलरी में उतना नहीं कर पाता और मेरा तो अभी रेस्ट्रॉट का नाम भी रेजिसटेर नहीं हुआ था।

वो सपना जो देखा और जो पूरा भी हो सकता था अपनी डायरी में और आंखों में बंद किए पैकिंग में लग गई। ऊपरवाला स्टोरी टेलर है ना उसकी कहानी में ऐसे ही मोड़ आते हैं। हम वापस इंडिया पहुँच गए। कुछ महीने फिर घर की सेटिंग में और बच्चों की सेटिंग में लग गए।

ये जो बार-बार सात्विक का जॉब चेंज/ट्रान्स्फ़र होता था उसमें जो मुझे सेटिंग बिठानी पड़ती थीं। घर की, बच्चों की, बच्चों के स्कूल की, बच्चों के डॉक्टर की। इस सेटिंग में कई महीने लग जाते थे।उन महीनों की मेरी ज़िन्दगी में कोई काउंटिंग ही नहीं है। वो मेरी जिंदगी के कुछ ऐसे अल्पविराम हैं जिन्होंने मेरे करियर के सेंटेंस को कभी पूरा ही नहीं होने दिया।

मैं खुद को खोती जा रही थी। बहुत चिड़चिड़ी हो गई थी। जमा जमाया काम छोड़के आना पड़ा। एक तरफ़ माँ पापा की गिरती सेहत, दूसरी तरफ़ मेरे बच्चों के प्रति मेरी ज़िम्मेदारी मुझे पागल कर रही थी। इंडिया में नॉर्मल केटरिंग के काम में मुझे इतना प्रॉफ़िट नज़र नहीं आ रहा था।कोई नया आइडिया सोचने की ज़रूरत थी। मन में इतना ग़ुबार भरता जा रहा था। सबकुछ होते हुए भी कुछ मिसिंग था। अधूरा था! उस दौरान मैं डायरी लिखने लगी। सालों की दबी इच्छा लिखने की, इस दौरान पूरी होने लगी। कब मैं डायरी में कविताएँ और कहानियाँ भी लिखने लगी पता ही नहीं चला। बच्चों की ज़िद्द करने के कारण थोड़ा सोशल मीडिया पे भी डालने लगी और सब दोस्त जो इंडिया में थे बहुत सराहना करते थे मेरी कविताओं और कहानियों की। मेरी साहेलियों ने मेरी बहुत हिम्मत बढ़ायी। बस एक दिन मैंने फैसला ले ही लिया। मैं जाऊंगी कुछ साल पीछे वहां जहां मैं बनना चाहती थी एक राइटर।

17

केसर कैफ़े

मेरे लिखने से मेरा अंतरद्वंद तो कम हुआ पर माँ पापा के पैसे की ज़रूरत नहीं। एक रात जैसे भगवान मुझसे कुछ कह रहे हों। मैं रात भर सोचती रही। मेरी तरह कितने लोग होंगे ना जो ऐसे ज़िन्दगी की भाग दौड़ में अपने सपनों को पीछे छोड़ बस पैसा कमाने में या घर सम्भालने में लग गए होंगे।

दिल से एक आवाज़ आयी, क्यूँ ना मैं अपने दोनों पैशन मिला दूँ। वहां माँ की कमर झुकती जा रही थी और कल्याणी की नौकरी भी छूट गई थी। तो वो भी घर से काम करने लगी। जिन माँ पापा ने जिंदगी भर हमें सँभाला उनको हम क्या सँभालेंगे पर कोशिश तो करनी थी ना। उनकी हिम्मत तो बनना था। मेरे बच्चों ने भी मेरी बहुत हिम्मत बढ़ायी। बोले "माँ बहुत कर लिया आपने घर के लिए, हमारे लिए।अब

बस, लिव यौर ड्रीम्ज़!

एक कैफे शुरू करने की मैंने मन में ठान ली। एक ऐसा कैफे जिसमें शुरुआत में कम से कम लागत हो। सोचा सिर्फ केसर वाली चाय और अपने फेमस समोसे ही रखूंगी और बनाया एक नरेशन कॉर्नर। जहां लोग अपने दिल की बात कह सकें। कुछ सुनाना चाहें तो सुना पाएँ, अपने दिल की बात या फिर अपनी लिखी हुई कविता जिसे उन्होंने जाने कब से अपनी डायरी में छुपा रखा होगा, माइक लें अपने हाथ में और बाँट पाएँ अपनी कला। कहीं ना कहीं से तो शुरुआत करनी ही थी।

एक ऐसी छोटी सी दुनिया जहां अदरक वाली चाय की चुस्की हो, चटनी में डूबे हों समोसे और लोग कर पाएँ अपने दिल की बात। सिर्फ़ एक मुसीबत थी। मुसीबत थी फ़ंडिंग कहाँ से हो। थोड़े पैसे तो थे मेरे पास, थोड़ी मदद सात्विक से ली और कुछ दोस्तों से मदद माँगी। मेरी सबसे अच्छी सहेली प्राती बोली "तुम चिंता मत करो, मैं हूँ न, तुम बढ़ो आगे।" फ़िफ़्टी फ़िफ़्टी पार्ट्नर्शिप में हमने खोल लिया कैफ़े। पैसे उसके, मेहनत मेरी। इंडिया में चाइना जितना पैसा भी नहीं लगना था तो थोड़ा और आसान हो गया निर्णय लेना।

शायद अब तपस्या पूरी हो गयी थी मेरी भी। भगवान कभी कभी आपके सपनों को तब पूरा करते हैं जब वो देखते हैं कि हम हार नहीं मानेंगे किसी भी हालत में! अचानक ही जितनी बाधाएँ थीं खुद दूर होती चली गयीं। ऐसा ही होता है ना? बहुत बार किसी को हम अचानक काफ़ी तरक़्क़ी करते देखते हैं। वो अचानक नहीं होती, उस तरक़्क़ी को अचानक हासिल करने के लिए पीछे कई सालों की तपस्या होती है।

उस कैफ़े का नाम रखा था मैंने 'केसर कैफ़े' जहां हर कोने में बिखरी थी खुशी, जहां आते थे दोस्त, फ़ैमिलीज़ और बहुत सारे किस्से कहानी। अलग अलग भावनाओं से भरा रहता था मेरा कैफ़े। हर बुधवार और रविवार को बहुत भीड़ होती थी क्योंकि मैं कहानी सुनाती थी। मेरी लेखनी और मेरा केटरिंग पैशन जुड़ गए थे और बन गए थे एक और एक ग्यारह।

एक बोर्ड लगाया था कैफ़े के बाहर,कस्टमर फ़ीड बैक के लिए। बोर्ड भरा रहता था पोस्ट इट नोट्स से

वाओ प्लेस!

अमेज़िंग प्लेस!

हमें हैप्पी करने के लिए शुक्रिया!

दिल की बात बोल पाई, थैंक्यू!

दो साल बीत गए इस सिलसिले को। मेरी मम्मी बहुत खुश हैं इस कैफे की सफलता से। छोटा सा खुला कैफे, आज एक नाम है। कैफे के प्रॉफिट से कल्याणी को भी ब्याह दिया गया और अब मैं उन पंखों को महसूस कर पाती थी जो हमेशा से मेरे पास थे। अब उन पंखों से मैं उड़

रही थी। ऊँचा बहुत ऊँचा!

खुद को ढूंढती केसर ने आज खुद को फिर से दूसरों की ख़ुशी में ही पाया।

आपने केसर कभी भिगोई है? जब वो पानी में या दूध में अपना रंग छोड़ती है, खुद बेरंग नहीं हो जाती। धीरे-धीरे वो अपना रंग छोड़ती है। बना देती है एक खूबसूरत सा रंग, वैसे ही जैसे मैंने किया, खुद को घोलती रही धीरे-धीरे अपनों की खुशियों के लिए पर खुद का रंग कभी फ़ीका नहीं होने दिया।

धीरे-धीरे मेरे सारे रंग बिखरते रहे पर ये रंग दिए मुझे मेरे प्रभु ने, मेरे गणपति बप्पा ने, मेरे वाहेगुरु ने। अगर मन में विश्वास हो तो आप क्या नहीं कर सकते पर कुछ नहीं हो आप अगर सिर्फ खुद के लिए जियो तो। एक डब्बे में बंद केसर किस काम की भला? केसर जब अपना रंग छोड़ती है तभी उसकी कीमत दिखती है। बिखेरते रहो खुशियों के रंग चाहे आपको ये ज़िन्दगी मसले या भिगो दे आंसुओं में क्योंकि ज़िन्दगी तो खुश रहने का दूसरा नाम है।

प्रयास करते रहो। आपके हिस्से की ख़ुशी, आपके हिस्से की सफलता आपको ज़रूर मिलेगी। हाँ देर सवेर हो सकती है। सफलता के आसमान में उड़ने के लिए पंख तो हमारे पास ही होते हैं, थोड़ी सी हिम्मत कर पंख पसार उड़ना ज़रूरी है।

18
डेढ़ साल बाद

तालियों की गड़गड़ाहट से पूरा ऑडिटोरियम गूंज रहा है। लाइट्स हैं, आगे की सीट पर बैठी हैं, सुनहरी साड़ी पहने और चाँदी से बाल लिए एक कोने में छड़ी टिकाए, मेरी शुभी 'मेरी मम्मी'। उनके दाएं हाथ पर बैठे हैं मेरे बच्चे, दो बड़े बेटे और बिटिया फिर सात्विक और बाएं हाथ पर मेरे हैंडसम पापा, फिर कल्याणी उसकी बेटी और उसका क्यूट पति, फिर मयूरी और उनके पास मेरी सबसे अच्छी दोस्त प्राती। उसके बारे में ज्यादा नहीं बोलूंगी उसको पसंद नहीं है। उस पंक्ति के ठीक पीछे वाली पंक्ति में मेरी सहेलियां बैठी हैं। मेरी वो सहेलियां जिन्होंने कभी मेरा साथ नहीं छोड़ा।

मैं कहां हूँ?

स्टेज पर

फूड अवॉर्ड्स चल रहे हैं।

'बेस्ट इनोवेटिव कैफ़े ऑफ़ द ईयर अवार्ड' गोज़ टू 'केसर कैफ़े' जिसकी टैग लाइन है 'खुशियों की चाबी'। तालियों का शोर, मेरी आंखों में इतने आंसू थे। सब कुछ धुंधला हो गया। धुंधली धुंधली अपनी सारी ज़िन्दगी जैसे फ्लैशबैक की तरह आंखों के आगे दौड़ती जा रही थी और मैं कदम बढ़ा रही थी उस अवार्ड की तरफ। माइक दिया गया मुझे। रुन्धे गले से मैं सिर्फ एक लाइन ही बोल पाई

मेरी माँ जीत गई आज!!!!!

19
धन्यवाद

धन्यवाद

ये किताब मेरी पहली किताब है और आप सभी पाठकों को बहुत बहुत धन्यवाद कि आपने समय निकाल के केसर की कहानी को पढ़ा। मैं उत्सुक रहूँगी आप सभी का फ़ीड्बैक पढ़ने के लिए।

आभार

रश्मि न भल्ला

ज़ाफ़रान

Zafran.zarf@gmail.com

क्रेडिट्स

कवर पेज स्केच : आरव गांधी (पुणे,भारत)

कवर पेज डिज़ाइन : गुनमय न भल्ला (दुबई)

www.ingramcontent.com/pod-product-compliance
Lightning Source LLC
LaVergne TN
LVHW041636070526
838199LV00052B/3393
* 9 7 9 8 8 8 7 8 3 6 1 9 5 *